JEAN DE LESSY

Mon Bercail

ÉDITION DES TABLETTES
Saint-Raphaël (Var)

1920

MON BERCAIL

A mes Filles.

JEAN DE LESSY

Mon Bercail

ÉDITION DES TABLETTES
Saint-Raphaël (Var)
—
1920

DU MÊME AUTEUR

La Paix et l'Angoisse, poème .... 1 vol.

Théâtre, en collaboration avec Henry Béziel.

L'Extrême scrupule, drame en 2 actes.

Tircis et Cloé, comédie pastorale en 2 actes.

En Préparation :

Les Colchiques sont fleuris, poèmes en prose.. 1 vol.

Les Lueurs au Couchant, poèmes en prose.... 1 vol.

Les Cendres fumantes, poésies .... 1 vol.

Le Repos dans la Rade, roman .... 1 vol.

L'Heure heureuse, roman .... 1 vol.

PRÉFACE

Un livre simple et clair, touchant et bien français. C'est une mère et une épouse qui l'a écrit, c'est en même temps un poète.

Nous voilà loin enfin des histoires clichées d'adultère, des psychologies fausses et pédantes et des philosophies néantistes.

Il faut louer entre toutes la femme qui, aujourd'hui, célèbre le foyer, la famille et la religion.

Dans son œuvre, Jean de Lessy procède par tableaux de genre, toutes ses pages sont des choses vues. Le rêve est ému, elle nous dit l'âme naissante de ses enfants, elle en suit le développement, elle assiste à l'éclosion de la fleur qui sera bientôt un fruit, à l'épanouissement de la fiancée qui, se détachant de sa famille tout en la chérissant toujours, sera elle-même la flamme d'un autre foyer.

Que de choses délicieuses dans ces chapitres en prose dont le laconisme prête bien à l'interprétation de la vie si rapide de l'enfant : l'école, les jeux endiablés, le recueillement pour la première communion, les extases devant les bijoux maternels, les jolies attitudes dans les repos improvisés qui suivent les courses folles et, plus tard, quand la guerre sévit, les tristesses au départ du père, la terreur pendant les Gothas, la confiance déjà fervente en la Providence.

Cette poésie de l'enfance est une des plus vraies et rien n'en fane la divine fraîcheur. Victor Hugo a écrit sur les petits et sur le foyer d'immortelles pages en vers ou en prose; ce que certains appellent le bourgeoisisme est, en réalité, une source d'intimités délicieuses dues à de purs moments de bonheur ou à des heures sublimes de dévouement et de sacrifice.

Il y a longtemps aussi que Baudelaire a publié des poèmes en prose, peu familiaux, du reste, trop parisiens. Cette forme littéraire a été peu employée depuis et Jean de Lessy a été bien inspirée en adoptant cette manière pour photographier en quelque sorte ses états d'âme et ceux de ses enfants. Elle l'a fait d'une façon si originale et personnelle que son œuvre me semble une véritable rénovation d'art littéraire.

Le processus parallèle de la vie maternelle et de la vie enfantine s'y déroule nettement; on voit la maison familiale, le jardin fleuri ; tout le décor dans lequel se meuvent les parents et les fillettes : poupées aimantes et aimées. On a trop dit à l'étranger que la Française était frivole : c'est une généralisation téméraire et injuste.

La France a prouvé, dans ces quatre ans de guerre, qu'elle était héroïquement honnête et que ses femmes étaient dignes de la race. Les défaillances d'une infime minorité, trop bruyante, ne sont qu'une ombre dans la grande clarté nationale. En ma qualité de vieux Français, je salue avec respect et j'admire l'œuvre vraiment féminine et non féministe de Jean de Lessy.

Charles GRANDMOUGIN.

PREMIÈRE PARTIE

MON BERCAIL

L'Offrande à la Vierge

A mes filles.

Le Seigneur a béni la grappe de fruits doux et savoureux que sont mes très chères enfants.

Le premier mûrit au Ciel parmi les anges, ses frères; il attire sur ses sœurs, par ses prières, les meilleures bénédictions de son Grand Ami : l'Enfant Jésus.

Le second est blond et rose comme une pêche mûre que caressent les premiers feux de l'aurore, son cœur est plein de droiture et de générosité.

Les cadettes sont brunes et blanches comme le fruit du châtaignier dont la chair savoureuse fait éclater l'écorce sombre. Les qualités naissantes de leurs jeunes âmes me semblent un encens très pur, digne d'être offert à la divinité.

La dernière, enfin, est rousse comme une aguichante noisette qu'a dorée le soleil d'août dont elle a épousé l'ardeur.

Cette ardeur même n'en fera-t-elle pas quelque

jour une éclatante rose d'amour au jardin de l'Epoux des Vierges?

Combien, cependant, à certaines heures, est lourde à notre faiblesse la charge de préserver ces beaux fruits du ver rongeur du mal, combien plus difficile encore celle de les faire mûrir amplement au Soleil de Justice.

Comment, ô Mère par excellence, assumer cette tâche sans votre secours.

Je mets sous votre protection cette récolte prometteuse. O Jardinière céleste, gardez jalousement dans votre enclos fermé ces fruits de ma tendresse afin que nul frimas n'en arrête la sève, que nulle sécheresse n'en altère la bienfaisance, afin, surtout, qu'ils ne deviennent point la proie du passant ravisseur ennemi de nos âmes humaines.

O Vierge très prudente, ne les quittez pas des yeux — je n'ai point de plus précieux trésor; — gardez-les dans votre Cœur, heureuse cachette qui me laisse en paix, force et confiance.

La sieste de Magué

Pour Marguerite.

Elle a tant ri, tant couru, tant joué, sans pitié pour mes émois de mère, qu'elle vient de se jeter épuisée sur le grand divan du salon comme une fleur des haies qu'un passant indifférent cueille et rejette à ses côtés sans nulle précaution.

Elle est tombée là, insoucieuse du linon de sa robe, et le désordre de toute sa petite personne est tellement adorable que je retiens sur mes lèvres le sermon prêt à y éclore.

Comment troubler un pareil sommeil?

La fatigue a terrassé Magué d'un coup et si vite que son dernier sourire n'a pas eu le temps de s'effacer de ses lèvres, le feu du jeu est encore à ses joues, des mèches, indociles comme elle, s'échappent abondantes des beaux cheveux d'or qui lui font un oreiller de soie, son bras admirable tombe languissamment le long de sa couche, et ses pieds cambrés et bien las se laissent aller inertes comme les deux battants d'une clochette au repos. Son haleine est parfumée de jeunesse, et le souffle léger de sa respiration se mêle au bourdonnement d'une abeille agacée, qui heurte la vitre, désespérée par cet obstacle à sa liberté.

Il me vient alors à l'esprit que ma blonde Magué a quelque analogie avec cette abeille dorée : mêmes tons de topaze, même rêve d'idéal parfumé : fleurs de mon jardin pour le bourdonnant insecte, fleurs de la vie pour l'impétueuse enfant; pour toutes les deux même amour de la liberté, même révolte devant l'obstacle.

Et devant cette constatation, adoucissant ma voix pour ne pas réveiller la dormeuse, je me prends à murmurer :

— Dors enfant, dors sous l'œil vigilant de ta mère. N'est-elle point l'Ange gardien que Dieu te donna en ce monde? Dors en paix. Tant qu'il lui restera un souffle de vie, elle sera là pour écarter les songes noirs de ton sommeil et les pierres coupantes de ta route.

Mais de même que l'abeille se heurte désespérément à la vitre transparente, ne te blesse pas, éperdue aux barreaux dorés de la cage où sa prudence maternelle te fit un nid si moelleux.

Et quand viendra le jour où elle t'ouvrira toutes grandes les portes de cette douce prison, quand tout enivrée de tes premières libertés, tu goûteras aux plus grisantes fleurs de la vie, ce jour-là, ô ma fille tant aimée, ne perds jamais complètement le souvenir de ta mère.

Et marchant sur la pointe des pieds, j'allai doucement, tout doucement, écarter les battants de la fenêtre, et l'abeille dorée s'envola sous les cieux clairs.

A l'heure du goûter...

Pour Magdeleine.

J'ENTRAI, à l'heure du goûter, dans la vaste salle à manger de famille, où le plus sympathique des spectacles m'attendait.

Un pâle soleil d'hiver décochait ses dernières flèches à travers les petites vitres plombées, et ses rayons obliques mettaient des roses au teint mat de ma brune Magdeleine.

Admirablement prise dans sa petite taille, souriante et attentive, elle taillait avec soin de longues tranches d'un pain bis que la fermière nous avait apporté le matin même. Puis, atteignant le pot de grès tout rempli des confitures d'airelles que nous avions faites ensemble aux vacances dernières, elle en enduisait chaque tartine avec impartialité.

Mes benjamines se pressaient autour d'elle, mains tendues, œil avivé par un gourmand désir, et, pour la première fois peut-être, la contemplation de ce simple tableau me fit comprendre le grand amour d'un Werther pour la si maternelle Charlotte.

Insensiblement, les plus doux souvenirs d'un heureux passé défilèrent en ma mémoire, et je revis successivement les premiers événements de la vie de Magdeleine : son baptême et cette fantaisie de ma jeune maternité, qui s'était plu à la faire admirer à nos amis demi-nue dans une corbeille fleurie, tel un moderne Moïse.

Puis sa première communion : le cœur si pur de mon enfant battant sous les voiles légers, nouveau tabernacle de la divinité... et cette raideur des lys royaux dont j'avais décoré ce jour-là notre table d'intimes.

Enfin, ma prévoyante tendresse devinant l'avenir, je crus voir, s'estompant dans mon rêve, Magdeleine vêtue de blanc pour la dernière fois... Les mousselines et les tulles ont fait place à de soyeuses étoffes, et ma cadette m'apparut telle « la vigne fertile » que l'Ecriture Sainte promet en récompense au Juste. Déjà j'entrevoyais autour de sa table des enfants beaux et vigoureux « comme de jeunes plants d'oliviers. »

Par un soir d'été...

Pour Solange.

I

JAMAIS je n'avais goûté comme ce soir le charme naissant de Solange : ses grands yeux de gazelle effarouchée, la grâce encore fruste de son corps d'adolescente, sa bouche malicieuse et ce je ne sais quoi de fier et d'étrange qui me fait penser, en la contemplant, à quelque petite reine hindoue.

A cette heure de la tombée du jour, sa beauté me semblait encore accrue par la dernière splendeur d'un soleil finissant : une lumière violette glissait du ciel où s'éveillaient les premières étoiles, et sa poussière impalpable enveloppait dans la même caresse les êtres et les choses.

C'était vraiment un de ces rares instants où nous tenons le bonheur; des roses voluptueuses souriaient par-dessus les vieux murs; dans les jardins sans art, les lys et les pavots mêlaient leurs fleurs au gré de la nature; tant de senteurs pénétrantes jointes à l'odeur des foins coupés alentour engourdissaient en moi toute pensée.

Assis sur un tertre herbeux, deux amoureux échangeaient les doux mots de l'éternel rêve et mes plus jeunes enfants, en tabliers d'écolière, se poursuivaient d'un fossé à l'autre, comme des papillons de nuit.

J'entendis un cri joyeux et je les vis soudain se pencher vers le hallier que l'instant auparavant elles avaient dépouillé de ses églantines. Elles revinrent alors en cortège auprès de moi le visage triomphant. A leur tête s'avançait ma cadette droite et raide, pour ne point laisser tomber le ver luisant qu'elle venait de cueillir. Dans la rose sauvage, dont elle avait orné sa tête fine, l'insecte posé formait un halo bleu et semblait la précieuse gemme d'une couronne royale. De plaintives rainettes, nombreuses en ces parages, traînaient leurs notes tristes, et dans ma pensée intime, je saluai Solange la reine de mon cœur.

Une vocation précoce

II

Le perçant soprano de voix enfantines vint si brusquement rompre ma rêverie que je sursautai malgré moi.

J'essayai de ressaisir le songe, mais en vain : une feuille prématurément rougie, se détachant au-dessus de ma tête, descendit en tournoyant et frôla mon visage de si agaçante façon que la rime trouvée s'en fut avec elle.

Philosophiquement, je me résignai à la contemplation muette de cette nature si vivante autour de mon inactivité. Dans le lointain, des moissonneurs s'empressaient à une tâche lourde : les gerbes, prometteuses de pain, s'entassaient sur les chariots rustiques en un amoncellement d'or; sur le sable, à mes pieds, un ciron traînait avec effort un riche butin et je croyais percevoir le bruit mystérieux de l'incessante croissance des arbres et des plantes.

Dans le clan des enfants, le silence s'était fait. Seule, la voix de Solange s'élevant, un peu grave, me fit deviner le jeu que je ne voyais point.

Elle dictait une page de Taine — son devoir du matin sans doute — et je devinais les écolières improvisées studieusement penchées sur les feuilles blanches et tout absorbées par un travail qu'elles auraient déclaré odieux s'il eût été imposé.

Intérieurement, je comparais mon enfant à la bonne Mme de Genlis et je la suivais dans l'avenir toute dévouée à nos chers enfants de France, conduisant les générations futures au bonheur par la foi, le savoir et la saine raison... Un vent léger secouait à présent les feuilles dont quelques-unes tombaient autour de moi tels des battements de mains applaudissantes.

L'Ecolière

Pour ma benjamine.

I

Quel nouveau poids de science ne porte-t-elle pas à son retour de l'école! La voilà donc un peu plus lourde aujourd'hui qu'hier, bon gré mal gré... plutôt malgré, je crois... Elle revient toute chargée de connaissances nouvelles.

Peut-être a-t-elle un peu paressé, beaucoup bavardé, peut-être entêtée et entière, s'est-elle butée contre quelque règle à apprendre, quelque leçon à réciter? Mais pourquoi revenir en arrière, pourquoi ces défavorables suppositions quand son retour de ce soir est fier et joyeux?

Du plus loin que je puis l'apercevoir, elle élève ses dix doigts pour m'annoncer l'excellente note en calcul ou en histoire... Horreur, ces doigts me semblent avoir été trempés les uns après les autres dans quelle encre noire, et la ronde petite figure porte sa part du méfait.

Elle est si drôlette ainsi, ma benjamine, que ses sœurs aînées éclatent de rire en l'apercevant. Suzon augurait mieux de son succès : sa petite bouche se crispe, ses paupières battent, s'alourdissant de grosses larmes et elle vient s'abattre en sanglotant dans mes bras. Combien de fois déjà ai-je dû lui offrir ce doux refuge!

Asile des bras maternels, que de larmes d'enfant tu as séchées! que de pleurs d'hommes sont venus, à ton doux contact, soulager des cœurs meurtris par d'intimes souffrances!

Lieu discret et sûr où vont s'abîmer les plus secrètes peines, doux support de l'éternelle douleur humaine, tu me sembles participer à la bénignité de Dieu!

Le Jeu

II

CHEVEUX au vent, œil brillant, joues enfiévrées, elle bondit. Je ne sais quel vent de démence la possède et la pousse mais, à la voir ainsi, elle semble vouloir à tout prix terrasser un redoutable et mystérieux adversaire.

Quel appétit de victoire! Rien ne l'arrête. Son ardeur se communique bientôt à d'intrépides petits camarades; fillettes ou garçonnets peu lui importe, mais pas un n'a ce feu, cette ténacité dans la lutte, cette générosité dans l'effort qui sont toute ma Suzanne.

Amusée, intriguée, je la contemple de ma fenêtre. Quel est donc ce jeu endiablé qui n'a de nom dans aucune langue et qui consiste à se tirailler, à se bousculer en poussant des cris sauvages? A la longue cela devient intolérable. Dois-je m'émouvoir et sévir?

Je le devrais pour ma tranquillité, pour celle du voisinage, mais ma faiblesse maternelle me l'interdit.

Je ne puis arrêter ce flot débordant de vie qui monte de cette mer mouvante d'enfants. Je comprends trop bien, Seigneur, que vous les avez fait naître pour le bonheur!...

L'Ange

« La joie de mon cœur s'est éteinte, car la mort est entrée dans ma maison pour prendre mon enfant. »
JÉRÉMIE, IX.

A Marie-Magdeleine.

« Le premier mûrit au Ciel. » Combien fut douloureux pour mon cœur de mère la cueillette de ce doux fruit et son transport dans les jardins célestes.

..... Une chambre préparée avec tant de tendresse qu'elle semble toute ouatée d'amour : des papiers de moire rose, des rideaux au réseau plus ténu que des toiles d'aragne, des meubles que n'a point éprouvé la patine du temps et, sous les couvertures soyeuses du grand lit conjugal, un bel enfant agonisant.

..... Oh! ces minutes d'angoisse qui martèlent lentement mon cœur! Mon désespoir devant notre impuissance à enrayer le terrible mal, la hantise que cet éternel égorgeur d'enfants, le croup, étrangle plus sûrement mon trésor que n'eût pu le faire un soldat d'Hérode! Oh! l'atroce douleur qui s'empare de tout mon être quand notre vieux docteur, qui depuis un moment se penchait sur mon enfant dont il semblait vouloir retenir le dernier souffle, prononça ces mots tragiques et qui pourtant me remplirent d'un fol espoir : trachéotomie, hôpital!

..... Et le martyre n'est point consommé. Mes yeux dilatés par l'épouvante contemplent, à jamais privé de vie, le frêle corps de ma première-née : marbre humain sur la table de marbre où des mains indifférentes l'ont déposé. Que mon sort est cruel!

Je n'aurai même pas la triste consolation qu'ont toutes les mères : d'avoir ma fille bien à moi dans la mort. Des chirurgiens ont eu son dernier souffle, quelque anonyme infirmière a baissé ses paupières et sa dépouille bien-aimée repose à la place banale qu'un inconnu occupera demain. Je voudrais arracher mon enfant de ce lieu maudit! l'emporter dans mes bras!

..... Mes forces me trahissent et je m'effondre dans un long cri de bête blessée.

....

Des jours et des jours ont passé. Bien longtemps après j'écris ces lignes à la mémoire de mon ange:

« Seigneur, vous nous l'aviez prêtée pour faire notre bonheur. Vous nous la réclamez. Que votre volonté soit faite malgré la brisure de nos cœurs! »

O la grande force des consolations religieuses, les seules efficaces dans les vraies douleurs; le doux espoir que celui de « s'aimer dans le ciel comme on s'est aimé sur la terre » et d'y retrouver un jour les chers êtres dont le départ nous a laissés inconsolés!

Magdeleine est au Ciel « parmi les anges ses frères; elle attire sur ses sœurs, par ses prières, les meilleures bénédictions de son grand ami : l'Enfant Jésus. »

Avec un tel ange gardien, que craindrais-je désormais pour vous, mes très chères enfants?

Votre aînée veille sur vous, de peur que « votre pied ne heurte contre quelque pierre » au chemin rocailleux de la vie, et les yeux de mon rêve la voient semant sur votre route, afin d'en cacher les épines, les fleurs et les fruits du Paradis.

DEUXIÈME PARTIE

La Maison de Famille

Au milieu de ses pelouses vertes, toutes persiennes closes et comme alanguie par les senteurs troublantes qui montent du thyrse des lilas clairs, la maison de famille me semble un nid précieux jeté là par quelque mystérieux ravisseur.

Dans le matin transparent, ses oiseaux se sont envolés, en quête du papillon bleu ou du muguet solitaire, et ma vieille demeure reste tout attristée de leur absence.

Mon esprit partageant cette mélancolique ambiance et, toute lassée par la chaleur déprimante d'un printemps précoce, je viens m'asseoir paresseusement sous les grappes soufrées d'un cytise en fleurs et je me laisse aller à la fantaisie de mon rêve.

... Je me revois jeune femme dans tout l'épanouissement de mon bonheur conjugal, guettant avec quelque quiétude les pas malhabiles de ma première née sur le gravier rose... une mince et noire silhouette s'avance à la dérobée dans l'allée des grands buis à l'âcre odeur, mes yeux reçoivent la pression d'une main chère, tandis qu'une bouche ardente dépose sur mes cheveux d'ambre un long baiser prometteur de toute une vie d'amour.

***

Le soleil de midi prête à ma vieille maison des blancheurs de statue et sous ses violentes caresses, les roses, trop mûres, s'effeuillent avec lenteur dans les parterres énamourés.

Par les persiennes mal jointes il filtre dans les appartements en raies lumineuses que biffent des poussières menues. Il se joue sur les tentures pâlies, sur les meubles dédorés, sur les bibelots familiers qui tous rappellent un souvenir. Il fait revivre dans leurs cadres de chêne les portraits d'ancêtres que le temps a noircis. Ce mélange d'ombre et de clartés vives, de confort et de poésie, de tendre présent et de mélancolique passé, apporte au cœur je ne sais quelle chaleur familiale, tandis que l'esprit se fond dans une quiétude reposante.

Il me fait sentir comme je ne l'ai encore jamais éprouvé, la force d'éternité de la vénérable demeure bâtie en pierres dures pour que sa ferme solidité protège les générations successives contre les intempéries du sort. Je comprends la douceur des clôtures rébarbatives qui la défendent contre les intrusions de l'élément étranger et la fidélité d'amour qui vous fait emporter son image en quelque endroit que la vie vous esseule, de telle sorte que la maison de famille m'apparaît aujourd'hui comme le plus parfait symbole de la Maison Eternelle.

*
* *

Le fleuve de la nuit coule dans le jardin et la lune impassible en un coin du ciel, tel un louis d'or pâle, peuple ce même jardin d'un monde de fantômes en allongeant démesurément les ombres.

Elle caresse d'un rayon fragile la cime des tilleuls blonds qui achèvent de brûler tout leur encens en son honneur et mon imagination impressionnée par ce parfum subtil évoque une Salammbô sculpturale en longue simarre blanche, ses cheveux à l'abandon emplissant un réseau en fils de pourpre, évoquant Tanit au milieu des cassolettes de nard et de myrrhe.

Tantôt je m'attends à voir une apparition de fées diaphanes dansant légères dans un poudroiement d'argent et tantôt je frissonne toute sous l'impression d'angoisse qui émane des massifs sombres où je crois deviner l'esprit des ténèbres guettant mes moindres mouvements et tendant autour de moi ses perfides filets qui perdent tant d'âmes.

... Une voix s'élève très pure comme un son de cristal et je me retrouve dans la réalité, toute brisée par une lourde journée de travail et de grand soleil. Instinctivement, mes yeux se portent vers l'unique fenêtre dont la lumière attire les lourds papillons de nuit.

... Le chant se fait toujours plus léger et monte à présent en ondes caressantes qu'accompagnent les sons d'un violon, sourds et précipités comme un bourdonnement d'abeilles... Le dernier accord de cet harmonieux ensemble monte vers le ciel cloué d'or emportant avec lui la fin de mon rêve. En s'envolant, il ne laisse cependant point en mon cœur l'amertume qu'accompagne le départ des chimères caressées doucement et je demeure l'âme prosternée devant la beauté tranquille de ce tableau familial, le cœur heureux de posséder le plus riche trésor, les plus purs joyaux, le plus sûr refuge contre les déceptions humaines : un foyer et une famille.

Les Colliers de la Maman

J'ai ouvert mon écrin à bijoux devant mes filles. Quatre paires d'yeux, brillants de convoitise, rivalisaient d'éclat avec les diamants précieux, tandis que des petits doigts blancs plongeaient avidement dans les perles au doux toucher. Il a fallu qu'elles s'emparent de mes joyaux et les essaient tour à tour. Avec des mines coquettes, ma blonde Magué faisait glisser sur sa peau de blonde les gouttes d'eau sombre d'une rivière d'émeraudes, tandis que mes adorables brunes riaient aux larmes en agrafant à leurs oreilles aussi joliment ourlées que des pétales de rose les boutons démodés de rubis semblables à leurs lèvres. Et toutes murmuraient d'un commun accord : « Oh! maman chérie que tu es heureuse de posséder de semblables merveilles; tu nous les donneras quand nous serons grandes, dis? » Et souriant à ce désir de possession, je pensais avec la mère des Gracques : « Non, mes amours, mes trésors préférés ne sont pas ces gemmes brillantes mais bien la joie qu'illumine vos beaux yeux et la douce chaîne de vos chers bras suspendus à mon cou tels de vivants colliers. »

Tendresses

Leurs légers bras blancs, leurs frais bras roses enserrent mon cou et leur tendresse coule sur ma lassitude comme un fleuve salutaire. Il efface toutes les grisailles de ma vie et donne une sève nouvelle à mon cœur desséché par l'âpre lutte de chaque jour.

Mon amour est semblable à l'ombre ronde d'un olivier lourd de fruits mûrs. De même que cette ombre parfumée joint l'arbre tremblant à la terre nourricière, ma tendresse lie solidement entre elles les enfants de ma chair.

O splendeur de l'amour maternel, n'es-tu pas sur cette terre le pâle reflet du grand amour divin?

..... Leurs légers bras blancs, leurs frais bras roses enserrent mon cou de leur caresse douce.

La Convalescence de Maman

Je ne sais si je poursuis un rêve, mais du lit où je repose dans cette torpeur exquise qui accompagne les retours à la vie, je contemple un spectacle fantastique et charmant. Soudainement ma chambre est envahie par une bande de lutins aux accoutrements bizarres.

Serait-ce ma fille aînée, cette Proserpine blonde dont les cheveux mousseux comme une bière du Nord s'échappent éperdument libres d'une coiffe originale et Magdeleine, ma cadette, ne se cacherait-elle pas sous les enveloppements blancs de cette brune hétaïre dont on n'entrevoit que les yeux de lumière et de malice?

Les plus petits de ces jolis démons parcourent la pièce en tous sens, munis d'instruments divers : ils bondissent, éclatent de rire, ouvrent et referment les fenêtres avec fracas, déplacent bruyamment les meubles, font une poussière du diable et embrouillent, comme à plaisir, le travail de leurs aînées.

Subitement l'un d'eux s'écroule sous mon grand lit sculpté. Je me soulève curieusement sur l'oreiller blanc afin de le suivre du regard et je l'aperçois, non sans quelque stupeur, se démenant à plat ventre, tout occupé à pourchasser avec un long bâton je ne sais quel ennemi invisible, mais combien dangereux si j'en juge à la violence des coups portés. Comme cependant je laisserais volontiers la vie sauve à cet être inconnu en échange d'un peu de calme!

Toute enivrée de faiblesse et abasourdie par ce tapage, je crois rêver et me vois bien impuissante à modérer tant de juvénile ardeur. Ainsi, seule contre quatre, et tout juste en convalescence, je me sens en infériorité trop évidente...

Mais qu'est-ce qui peut bien causer un pareil remue-ménage?...

Je fais des efforts inouïs pour me réveiller... Non, je ne rêve pas, et à certaines phrases échangées j'ai bientôt la clef du mystère... Mes quatre filles se sont tout simplement entendues pour faire une surprise à leur maman et lui préparer une jolie chambre le jour de son premier lever.

Débuts

MAD a fait ses débuts de violoniste, mais de même qu'une timide anémone se cache au fond des bois pour ne pas affronter l'œil curieux du passant, elle n'a pas osé regarder la terrifiante foule.

Ses premiers coups d'archet furent hésitants, mon indulgence s'en est seule aperçue, et bientôt son amour pour l'Art domptant sa timidité, elle sut faire rendre à son violon le charme impénétrable de son âme. Oubliant la salle, les spectateurs et les yeux braqués sur elle, elle fit revivre devant notre esprit l'inspiration du compositeur qu'elle interprétait si purement que son jeu impeccable souleva de vifs applaudissements parmi les auditeurs. Tandis que d'un mouvement de tête classique elle envoyait rouler ses boucles brunes sur ses blanches épaules, fière d'avoir vaincu ce grand ennemi : la peur, je pensais au bonheur que j'éprouverais si Magdeleine, communiant avec moi dans ce culte que j'ai pour l'Art, réalisait un jour mes plus chères espérances.

La Voyageuse

Vêtue d'un chaud manteau, gantée de laine, valise en main, les joues rougies par le froid de la rue, notre Suzon nous arrive un peu interdite mais la mine épanouie de bonheur. Les grandes joies sont muettes!... Cinq paires de bras se tendent vers la voyageuse qui est soulevée de terre et portée comme un petit paquet, du papa rayonnant à la maman radieuse. A leur tour les trois sœurs embrassent leur benjamine à l'étouffer. On peut être fière de se sentir aimée ainsi!... Pourtant Suzon trouve cet accueil tout naturel, et déjà apprivoisée, la voilà qui raconte, raconte à perdre haleine : le petit cours de province où de trop poseuses fillettes s'indignaient de ses façons de garçon manqué, et les bonnes tartes aux pruneaux que faisaient grand'mère, et les promenades interminables avec le chien Dick et le grand-père silencieux sur les longues routes blanches de la Beauce, et les soldats qui, dans le train, ont joué avec Suzon, et sa joie de retrouver ses poupées et ses sœurs...

Ces premières effusions passées, on se décide cependant à déshabiller la voyageuse, on la fait goûter, la collation prise en route étant bien insuffisente à son jeune appétit.

Et le soir, notre toute petite, qu'a lassée tant d'émotions, n'a trouvé rien de mieux que de s'improviser un lit douillet avec tous les coussins de mon grand salon, sans se soucier le moins du monde de la préciosité des soieries ou de la fragilité des dentelles. Le livre d'images à peine entrevu gît tout ouvert auprès d'elle, ses cheveux abondants dégringolent en cascades de cuivre et dans la sécurité de la tendresse familiale reconquise, notre Suzon s'est endormie, tandis que tout mon cœur bénit l'Etre de bonté qui a ramené les oiseaux à leur nid et reconstitué mon doux foyer après l'horrible tourmente.

Latin et Confitures

I

Lolan est une future bachelière, mais comme tout honneur s'achète au prix de grosses peines notre écolière ne quitte plus ses devoirs ou ses leçons. Quand elle n'est point penchée sur sa table de travail, vous la voyez circuler dans la maison avec quelque livre en main. Même à table, elle ne laisse point ses bouquins. Son cerveau se nourrit en même temps que son estomac; elle absorbe tout sans discernement : physique et chimie, légumes ou rosbif.

Je m'inquiète et gémis : « Lolan vas-tu manger tranquillement ! »

Et notre victime de la science pleurniche parce qu'on veut lui enlever ses livres; elle affirme que sa composition latine ne sera pas terminée pour le lendemain, qu'elle devra encore se coucher à minuit, qu'elle aura des mauvaises notes.

Et comme je suis la faiblesse même, je cède à cette

Lolan si intelligente et sur laquelle j'ai fondé de grands espoirs. Comme mon conseil était sage cependant!

Le dessert est servi : fruits et marmelade de groseilles. Lolan adore les confitures et leur vue lui fait oublier les *magnus*, *magna*, *magnum* qu'elle mâchait tout à l'heure avec l'énergie du désespoir. Dans son empressement à se servir, elle renverse la gelée transparente sur la grammaire ouverte qu'elle transforme en véritable tartine : volume gâché, leçon pas sue, perspective d'une réprimande sévère. La malchance de Lolan dépasse les bornes et elle recommence à se lamenter.

Mais à quoi songe-t-elle donc? Ne sait-elle pas que les lauriers de la gloire ne se cueillent que dans les rudes combats?

Papa

II

Le pire, dans la mésaventure de Lolan, c'est que papa en est témoin. Son visage s'est subitement rembruni et il gronde sévèrement la maladroite. Les sœurs se taisent un peu par respect et beaucoup par désir de voir bientôt la tempête se calmer. Au fond, elles savent que leur père est très bon et elles le craignent surtout pour la forme; elles feignent d'avoir peur, pour ménager son amour-propre, mais c'est pure hypocrisie de leur part. Et, se faisant mille clignements d'yeux complices, elles attendent le moment de se risquer à plaisanter le « terrible papa. »

Elles veulent apaiser son courroux d'un baiser qu'il refuse d'abord pour ne pas compromettre sa dignité, mais qu'il est ravi d'accepter l'instant d'après. On pousse Lolan dans ses bras. Elle ne sait si elle doit retenir ou laisser couler ses larmes, mais la paix est vite conclue.

Alors c'est une explosion de joie et de rires et des applaudissements. victorieux. Papa a retrouvé sa bonne humeur; il sourit mi-fâché, mi-plaisant, et sur sa chère figure rayonne l'arc-en-ciel des fins d'orage.

L'Echo du Foyer

COMME des grillons qui se répondent d'un buisson à un autre, mes quatre filles, dès leur réveil, font vibrer toute ma vieille maison du même doux appel. Sans s'être donné le mot et sur tous les tons, c'est une gamme interminable qui échelonne tout le jour ses degrés familiers pour ne s'éteindre qu'à l'heure où toutes les mignonnes fleurs de leurs bouches sont closes par le sommeil réparateur.

« Maman, maman, » dit la voix flûtée de Suzanne qui a perdu son catéchisme neuf. « Maman, maman, » répond en écho Lolan qu'un paresseux jeudi a mis en retard pour les devoirs et les leçons.

« Maman, » fait le verbe claironnant de Magdeleine qui m'accable, dès le matin, du programme de la journée. « Maman, » reprend plus doucement le timbre harmonieux de ma blonde Marguerite qui s'épuise en recommandations superflues sur ma fragile santé. « Maman, » je ne veux pas que tu ailles si loin; il pleut. Je ne veux pas que tu rentres tard, je veux que tu te reposes.

La force n'est pas de mon côté et je me vois obligée, bien à regret, de me rendre à la raison. Que faire contre cette tendresse de mes filles?

Maman! n'est-ce pas le cri d'alarme, le cri de joie, l'appel répondant à tous les besoins d'affection? Mon être se complait dans cette chanson de toutes les heures; il y répond en se donnant tout entier, à chacun de ses battements. N'est-ce pas pour cela, Seigneur, que vous avez fait si grand le cœur des mères!

La Communiante

SUZON vient d'atteindre sa douzième année et nous touchons au plus beau jour de sa vie.

La veille au soir, je l'ai conduite moi-même à l'église pour la confession générale, désireuse de ne pas perdre un seul de ces précieux instants de ferveur religieuse. Je devinais toutes les émotions de ma chérie à la pâleur de sa figure expressive; elle s'angoissait à chaque ouverture du guichet de la pénitence. Son tour venu, je vis sa silhouette menue se perdre dans l'ombre du confessionnal et je ressentis toutes les impressions que j'avais moi-même éprouvées à une époque semblable, combien lointaine déjà! Et dans une douceur qui n'était pas de la terre, élevant les yeux vers le Christ des douleurs, je le suppliai de rendre à mon enfant la robe de lys de son baptême.

....

Le matin du grand jour nous fûmes, pour mon goût, un peu trop absorbées par les préparatifs de nos toilettes. Mes filles aînées m'enlevèrent Suzon dans leur hâte à lui passer sa virginale toilette, mais je me réservai de lui attacher le voile qui la nimbait d'idéales blancheurs.

L'église s'était parée somptueusement pour l'éveil de ces jeunes âmes : tapis cramoisis, velours pourpres et crépines d'or, des flots de parfums s'exhalaient des fleurs palpitantes et s'élevaient des encensoirs mystérieux. La lumière des cierges et le rayonnement de l'hostie versaient dans nos êtres une joie sacrée.

La cérémonie se déroula majestueuse et douce, suivant les rites accoutumés, et quand ma Suzon, toute perdue au milieu de ses compagnes, passa devant moi pour rejoindre son prie-Dieu, je la contemplai longuement, ravie de son recueillement et de la plénitude du bonheur parfait qui rayonnait divinement sur ses traits candides.

Je tombai alors à genoux pour remercier le Maître de ces grâces infinies dont il daignait combler mon enfant, et le cœur épris de pureté, revoyant derrière moi cette longue suite de jours entachés d'imperfections innombrables, dans le plus profond abaissement possible de mon être moral, je murmurai : « Seigneur, gardez mon enfant et délivrez-nous du mal. »

Partie de Campagne

Elles étaient parties toutes les quatre légères comme des oiselles, et dans leur empressement à s'envoler, elles n'avaient point senti ma soif de leurs baisers. Elles n'avaient pas vu davantage que je les suivais de loin, avide de rafraîchir mon âme mûre à la rosée de leur jeunesse.

Leurs chants et leurs rires s'élevaient très purs de la voûte de verdure sous laquelle elles venaient de s'engager et la campagne s'était soudain attristée de leur disparition. Des nuages ronds, sans poésie, envahissaient un peu partout le bleu du ciel qui se rayait au couchant d'une barre noire inquiétante.

Prévoyant l'orage, je hélai mes jolis oiseaux, qui s'enfuirent sourds à ma prière.

Elles me semblaient avoir des ailes tant elles avançaient vite sur la route de granit rose qui s'allongeait à perte de vue sous leurs pas.

A une croisée de chemins, elles prirent leur élan pour dévaler plus vite un raidillon couvert d'une herbe drue aboutissant à un ruisseau clair. Je crus alors à un recul de mes chères imprudentes; vain espoir; leurs pieds menus bientôt délivrés de toute entrave entrèrent bravement dans l'eau transparente. Sans courage pour les suivre, j'allai me reposer sur un amas de roches dévorées par la mousse et les lichens. De là, je percevais le clapotis de la source dans laquelle mes filles enfonçaient leurs pêchettes, piétinant sans pitié les ajoncs de la rive.

De temps à autre, un appel triomphant venait de droite ou de gauche et m'annonçait une pêche heureuse. Je souriais de ce débordement de joie, quand un rapide éclair fendit les nuées noires massées à l'Ouest. Mon instinct maternel m'avertit d'un danger! Des roulements sourds se répondaient aux quatre coins du ciel. L'horizon se liquéfiait au loin en une mer de soufre. Un grand vent s'élevait, mélangeant les feuilles luisantes et argentées. Puis les oiseaux apeurés turent leurs chants, les hirondelles rasèrent le sol de leur ventre blanc. Bientôt l'atmosphère devint irrespirable, le ciel parut s'ouvrir sous le fracas du tonnerre; les éclairs, comme des serpentins de feu, s'accrochaient aux arbres, tandis que les montagnes bleues, au lointain, disparaissaient dans un épais brouillard... Des gouttes d'eau tombèrent larges et pressées, et toute la campagne sembla se fondre en une nappe liquide. Je dus bientôt quérir un refuge contre l'averse. Je trouvai la protection d'un pin parasol et cherchai des yeux avec angoisse mes oiseaux chéris... Où s'étaient-ils envolés?...

....

L'heure d'après, je les découvris dans une ferme isolée, privées de leurs robes mouillées, vêtues en paysannes, adorables sous ces grossiers accoutrements et n'ayant point interrompu leurs rires; les unes barattant le beurre, les autres pétrissant de leurs mains fines la fleur du froment qu'une ménagère experte avait préparée dans la mée reluisante.

Je les grondai pour la forme, mais le poète que je suis resta émerveillé devant le charme de ce pittoresque tableau.

La Prière du Soir au Village

L'ombre de la nuit descend sur la campagne et l'humidité du soir enveloppe les prairies d'une vapeur d'argent. Sur la route granitique, des bœufs paisibles, conduits par un robuste gars, rentrent à la ferme à pas lents. Depuis longtemps déjà les poules sont au juchoir et les moutons s'engouffrent dans la crèche avec un bruit d'averse.

Du clocher délabré de la vieille église fleurie de graminées, une voix de cloche s'élève grêle, tremblante, comme hésitante à troubler ce grand calme du soir.

A son appel, quelques femmes en canette, quelques enfants ébouriffés se dirigent vers ce pauvre sanctuaire de campagne à présent envahi par les ténèbres.

Je les suis, escortée par l'essaim joyeux de mes enfants.

Une tremblotante lumière, la veilleuse du tabernacle — semblable à une étoile solitaire, — éclaire vaguement le chœur élargissant les ombres autour d'elle. Par la porte grande ouverte, on voit s'allumer au ciel les premiers feux de la nuit et les reinettes commencent leur plaintive chanson. Je m'assieds dans le banc vermoulu du meunier et je reste là, immobile, murmurant des *avé*, gagnée par une torpeur délicieuse que berce la voix chantante d'une fillette en cheveux qui, monotonement, récite le chapelet. Je suis brusquement rappelée à la réalité par une envolée de cloches. La nuit est tombée tout à fait et les sons calmes de l'angélus s'égrènent avec lenteur. Je regarde à la dérobée mes chers démons secoués par un fou rire convulsif, tandis que la vieille sacristine agite ses clefs et que son dur profil se dessine comiquement sur l'un des piliers.

...Nous sortons, une digitale pourprée, alourdie des pleurs de la nuit, me salue au passage; ma toute petite se serre contre moi, apeurée par le grand silence de la campagne enténébrée, tandis que mes filles aînées essaient de compter les étoiles dont les rayons glissent en longs baisers de feux.

La Fée Urgèle

MAGUÉ trouve un plaisir extrême à jouer la comédie, et bien qu'elle n'en soit plus à ses débuts, elle éprouve la même joie enfantine, accompagnée du même entrain à chaque nouveau rôle qu'elle interprète.

Elle aborde tous les genres avec le même succès. La tragédie n'a pas de secrets pour elle; son jeune et riant visage sait se contracter d'épouvante, de colère ou de douleur; sa voix d'argent se fait soudain grave ou mugissante, ses bras se tendent, ses poings menacent, et sous les plis du péplum enrichi de faux joyaux, elle donne tout à fait l'aspect d'une héroïne antique.

Mais si elle paraît presque sans haleine quand le rideau se baisse, après le salut d'usage et la salve d'applaudissements, elle se redresse vite, éclate de rire, esquissant de fantaisistes pas de danse aux yeux de ses compagnons de jeu.

La comédie ne l'embarrasse pas davantage. Qu'elle soit soubrette, grande coquette ou marquise, elle sait prendre les airs qui conviennent et vous a de ces trouvailles que lui envieraient bien des comédiennes de profession. Ne l'ai-je pas vue se disputer en scène avec son mari d'occasion, comme si elle avait déjà dix ans de mariage!

Elle est même réputée diseuse de talent et le vers se divinise dans sa jolie bouche.

Comme elle est blonde de la blondeur des fées, ses amis lui ont octroyé le rôle de la fée Urgèle, du *Baiser*, de Théodore de Banville. Or, tandis qu'elle essayait une longue robe clair de lune toute ruisselante de paillettes d'argent, elle vint s'admirer dans la grande glace de ma chambre. Elle paraissait la lumière même dans le scintillement de soie enveloppante et du diadème d'éclatantes pierreries. Satisfaite de la séduisante image qui lui souriait complaisamment, elle lui envoya des baisers à deux mains puis, ce qui chez elle est la plus évidente manifestation de joie, elle se mit à danser, envoyant promener de son pied mignon la longue traîne qui la gênait à chaque tour de valse.

Singulière répétition!... Ce qui ne l'empêcha pas, d'ailleurs, de récolter à la représentation la moisson de bravos auxquels elle est accoutumée.

Et, rentrant le soir dans ma chambre, je crus que les astres du ciel se miraient dans mon grand tapis, tant ma grande Etoile, à l'heure de sa danse folle, l'avait parsemé de paillettes d'argent.

La Fleur qui s'ouvre

GRAVE et fervente, inspirée de la mélodie qui la guide, elle évolue avec grâce sous les regards charmés des amis qui emplissent mon grand salon.

Magd a été touchée par Terpsichore, son nouvel art la possède et elle le possède déjà. Son corps souple et léger, son masque régulier et pur, ses grands yeux de velours lui donnent tout le caractère des danseuses antiques. Elle vient de composer la danse du printemps, et nulle inspiration ne pouvait être plus heureuse : le printemps interprété par lui-même.

Elle commence : ses pieds l'un devant l'autre se posent, hésitent et glissent mollement. Puis c'est la danse un peu folle d'où déborde la joie de vivre : de ses mains tendues elle fonce en avant comme un chevreau joueur. Elle semble avoir pris dans ses voiles roses tous les parfums des champs; ses mouvements font rêver aux tourbillons de fleurs qui dansent leur ronde dans les vallées; ses gestes triomphants jettent un défi à l'Astre éblouissant dont elle rivalise d'ardeur et de lumière : chacun de ses pas bondissants est une conquête.

Maintenant, c'est l'arrêt dans la course vertigineuse. Son corps se plie comme une souple écharpe, ses longues tresses brunes semblent onduler sous le souffle embaumé d'une légère brise; ses voiles l'enveloppent d'une clarté d'aurore. Elle semble se recueillir et prêter l'oreille au concert d'oiseaux invisibles, elle sourit comme en extase et s'agenouille dans un mouvement d'adoration devant cette Nature en fête : sa sœur et sa rivale.

Et tandis qu'elle laisse retomber ses gazes sur la

ceinture de lierre qui enserre sa grâce divine, un voile immatériel se déchire devant moi.

J'assiste à l'éclosion artistique de cette fleur de ma chair. De même que la rose splendide fait éclater son corset vert sous l'effort de la sève, Magd est devenue l'artiste sensible et vibrante. Aussi, quand elle vient se jeter dans mes bras pour recevoir le baiser qu'elle a si bien gagné, une larme vainement retenue tombe sur son fron illuminé : doux et nouveau baptême maternel. Et je la devine doublement mienne, non plus seulement par les liens du sang, mais par ceux de la pensée dans cette attache puissante d'un idéal partagé.

Poupée blonde

MAGUÉ s'est elle-même nommée ainsi depuis une petite maladie qu'elle vient de faire et qui l'a rendue encore plus enfant gâtée. Et cela lui sied si bien que le nom lui reste à présent.

Sa maman ne l'appelle plus que Poupée blonde. Une poupée, n'est-ce pas un joli joujou, son joujou vivant à elle?

Hélas! joujou aujourd'hui, mais demain?...

L'enfant se fait déjà femme. Combien de temps la mère possédera-t-elle ce joujou charmant? Sa jeunesse éclate de vie et de beauté, comme une fleur superbe... Tous les regards se portent sur elle et déjà je m'inquiète de leur convoitise. C'est le sort de toutes les fleurs. C'est le sort aussi des poupées qui sont des fleurs de chair.

Et la mère commence à verser quelques larmes en secret que son cœur généreux lui fait bien vite refouler... Elle pense que bientôt viendra quelque ravisseur de sa fleur jolie. Il aura beaucoup de charme, ses mains suppliantes se tendront vers elle pour l'arracher à la tige familiale. Et tout simplement parce qu'il aura plu, Magué aura pour lui le sourire qui consent et qui donne le droit d'emporter loin, bien loin des leurs les beaux joujoux chéris, les poupées blondes tant aimées.

Les Reliques

De même qu'une amoureuse range précieusement les lettres de l'Ami au fond de quelque élégant coffret, parmi les fleurs séchées et les cheveux enrubannés, mes filles conservent pêle-mêle, dans leurs tiroirs respectifs, les objets de leur préférence. Combien de fois, en mère vigilante, ai-je cherché à déchiffrer dans ce touchant et éloquent désordre, le mystère et les tendances de leurs petites âmes.

Voici d'abord les biens de ma toute petite : boîtes bleues ou roses, intégralement vides des friandises qui les emplissaient ; le bonhomme Janvier n'est pas loin cependant !... Faveurs embrouillées, trousse d'écolière en bon état ; billets bleus soigneusement serrés qui dénoncent une précoce économie.

La cadette fait ses délices de dentelles et de rubans, de flacons d'odeur, houppes duveteuses et poudres embaumées, tout un attirail de coquetterie ; pour la note sérieuse, des livres de latin et d'anglais.

Chez ma laborieuse Magdeleine, la pensée travail domine : ciseaux, dés et aiguilles voisinent avec le coussin à violon et les cothurnes de danseuse. Et tout au fond du tiroir, ma perspicacité découvre un roman presque achevé et tout ouvert pour être continué en cachette.

Une plus grande sentimentalité chez mon aînée que l'amour a peut-être déjà frôlé de son aile Des poésies et de délicates esquisses côtoient des objets disparates, de l'argent traité sans importance et jeté dans une mauvaise sacoche de cuir d'où il semble prêt à s'évader. Et dominant toute cette fantaisie, un portrait de jeune officier, aux traits mâles et énergiques, beau tel un Adonis.

Comme je souhaiterais, ô mes enfants si chères, qu'à l'heure où je ne serai plus qu'une ombre impalpable errant dans les prairies d'asphodèles pâles du paradis, quelque souvenir de ma vie terrestre, photographie ou poème, soit conservé pieusement par vous au milieu de ces reliques de votre jeunesse.

En écrivant mon Bercail...

Mes chères filles ont toujours manifesté un goût très vif pour les œuvres d'imagination. Combien de fois, alors qu'elles étaient malades dans leur petit lit, n'ai-je pas dû ajouter le conte du *Chaperon Bleu* à celui du *Chaperon Rouge* pour allonger ce dernier qu'elles ne voulaient point voir finir. Combien de voyages en esprit avons-nous fait ensemble dans la lune et les étoiles; combien de bombances au pays de dame Tartine, combien même d'incursions dans le vaste et merveilleux domaine de la Bible et de l'Histoire.

Aujourd'hui, mes chéries ont grandi, et à tout ce fatras imaginaire elles préfèrent les histoires vécues. Tandis que j'écris dans l'intimité si touchante de ma grande chambre où toute la vie de la famille semble s'être réfugiée, elles viennent à tour de rôle se pencher sur moi pour voir ce que j'écris. Nul endroit ne peut être plus favorable à l'éclosion de cette œuvre de tendresse maternelle que sera mon bercail. Dans cette pièce où elles sont toutes nées et où elles ont essayé leurs premiers pas, devant ce bureau qui porte par endroits encore les taches d'encre de leurs petits doigts d'enfant, l'inspiration est facile. Ne suis-je pas à la source même?

A chaque nouveau feuillet qu'a noirci ma plume et que je pose devant moi, toutes se précipitent pour en avoir la primeur. Elles se disputent et s'arrachent chaque page les concernant personnellement.

Je les contemple en souriant et je pense que mes plus belles œuvres ne sont pas celles que mon cerveau d'intellectuelle a pu enfanter, mais bien ces merveilleuses et exquises créatures issues de ma chair.

TROISIÈME PARTIE

A mon Mari.

La Grande Eclipse

A mon Mari.

LENTE et menaçante, la grande ombre s'avançait, glissant sur notre soleil de France dont elle devait voiler momentanément l'éclat.

Le baiser de mon mari fut triste, ce soir, un pli d'inquiétude barrait son front et l'habituelle sérénité de son visage s'en trouvait effacée.

A mes regards anxieux il répondit cependant, dans un effort plein d'assurance : « Que crains-tu, ma chérie, l'avenir n'est-il pas entre les mains de Dieu? » Dans la nuit translucide, les tilleuls du jardin exhalaient un parfum plus troublant que des rêveries de femme, et mon cœur s'angoissait aux proches hurlements d'un chien...

Dès le lendemain, la fatale nouvelle nous parvenait, désespérant nos cœurs, et tout l'airain de France vibrait en même temps, réveillant les ombres séculaires des altières tours de nos grandes cathédrales, secouant le rêve accroché aux frontons moussus des pauvres clochers de village.

L'heure du départ arriva. Le grand devoir commandait. Nous lui obéissions les âmes déchirées, cachant sous d'héroïques sourires nos mutuelles craintes, tandis qu'il me fallait encore m'occuper de ces preparatifs du départ dont chaque détail ravivait ma douleur.

... Oh! la vue de cette petite valise verte qui nous avait accompagnés lors du premier voyage fait ensemble!...

Et quand l'heure de la séparation fut consommée, tandis que le soleil se couchait dans une traînée sanglante, j'eus la vision qu'un astre sombre et fatal s'apprêtait à masquer cette orgie de lumière et de vie. Mon mari prit alors pieusement mes lèvres entre les siennes et je pleurai sur ses pas qui, peut-être, n'auraient pas de retour.

Dans la Nuit...

Le grand pavillon semble froid et vide ce soir. Le jardin qui l'entoure à l'ordinaire d'une ceinture de gaîté paraît aujourd'hui triste et désert, et les fleurs qu'on a négligé de soigner ce matin penchent languissamment leurs têtes assoiffées en cette finissante journée d'été.

L'absence du papa dont le nom reste dans tous les cœurs se fait déjà cruellement sentir, et contrairement à ses habitudes, maman a laissé ses deux benjamines aux mains des bonnes pour aller s'enfermer dans sa chambre.

Les enfants, toujours si bavards, se taisent sous l'impression de la tristesse ambiante; mais bientôt, comme des oiseaux au réveil font entendre un chant timide suivi d'un autre exquisement doux, puis d'un troisième plus perçant, jusqu'à ce que le concert s'affirme et monte, Solange rompt le silence la première pour parler avec Suzanne du départ de papa. La benjamine qui vient l'aider dans son récit se fait rabrouer parce que « ce n'est pas cela, qu'elle est trop petite et ne sait pas; » on échange coups de griffes et baisers...

L'heure du coucher arrive; Suzon jubile intérieurement... elle va remplacer son papa cette nuit.

Quelques instants après, elle récite le *Pater* et l'*Ave* avec sa petite mère, baise dévotement les pieds du vieux Christ d'ivoire et se trouve dans le grand dodo maternel, l'objet depuis longtemps de ses plus secrètes convoitises.

En se blottissant contre sa mère, elle ne peut s'empêcher de penser que « tout de même la guerre a du bon »; mais à la vue des lourdes larmes qui coulent pressées sur la joue qu'elle veut embrasser, il lui vient quelque remords de cette dernière pensée. Alors, pour tout concilier, elle murmure très bas à l'oreille de sa chère affligée : « Pleure pas, petite mère cérie, il n'y a pas de danzer que les Boçes fassent du mal à mon papa puisque tu dis qu'il a un anze gardien. »

Solitude

Il me semble qu'en son absence le flambeau de ma vie s'use plus vite que l'huile de cette lampe qui brûle chaque soir dans notre chambre conjugale. Assise sur notre lit, toute à mon triste rêve intérieur, je la regarde se consumer sans être éblouie par sa flamme et ne goûte enfin de repos que lors de son complet épuisement. Sous le drap de batiste transparent je pleure dans l'attente vaine de son retour, et quand je m'endors enfin, mes songes ne sont que cauchemars sanglants.

J'aurais voulu pouvoir laisser notre couche comme

il l'avait laissée, afin d'y conserver l'empreinte de son corps, j'aurais désiré ne plus remuer mes lèvres pour retrouver et savourer à mon aise le goût de son dernier baiser; j'aurais clos soigneusement les jalousies de ma fenêtre et je n'aurais plus ouvert ma porte pour que rien ne puisse altérer son souvenir. Comme le lierre demeure à jamais attaché aux murailles qui l'ont vu naître, j'aurais aimé ne point quitter un instant le nid dont il m'avait confié la garde. Mais mon devoir le plus impérieux n'était-il pas de faire vivre nos enfants?

Mon feu était éteint et ma huche vide, et bien souvent j'ai dû chercher dans les cendres bleues un reste de chaleur pour réchauffer leurs doigts engourdis. Pour leur acheter du pain blanc, mes mains délicates, ignorantes du travail, se sont livrées aux besognes les plus grossières; j'ai dû vivre pour eux et, pour eux, me mêler à un monde abhorré.

Avant cette guerre, mes amis se pressaient élégants et nombreux dans mes salons brillants; ma pauvreté les a fait s'enfuir comme des oiseaux qu'apeure un ciel d'orage.

Les mauvaises nouvelles volaient de bouche en bouche comme des papillons sombres et, tour à tour, des mères ou des épouses se voilaient de longs crêpes noirs.

....

Mon esprit enfiévré se torturait à la pensée des dangers que tu courais et à la triste vision de tes souffrances. Mais comme un marbre blanc, figé par le sculpteur, je restai debout malgré tous les obstacles, forte de ma confiance en Dieu.

Ils sont partis

Ils sont tous partis nos bien-aimés, et les pères de nos enfants aux fronts sculptés par la ride profonde, et les adolescents beaux comme de jeunes dieux auxquels nos filles avaient juré leur foi...

Ils sont tous partis, nos bien-aimés!

*
* *

Pour la quatrième fois, la terre verra la nappe blonde de ses moissons remplacer la nappe de blanche froidure; pour la quatrième fois, les lourds chariots chargés de gerbes s'engageront sous les hauteurs superbes d'un ciel lacté; des femmes et des vieillards seront seuls à les conduire, et seuls ils cuiront, dans la flamme ardente, le pain fils du blé. Pour la quatrième fois, peut-être des corbeaux affamés, en quête d'une proie facile, se jetteront sur les champs dévastés. De leurs griffes acérées et de leur bec dur comme le fer, ils se disputeront, non point le grain qui nourrit l'homme, mais la chair de l'homme laissée là sans l'honneur d'une sépulture chrétienne : cette chair de nos pères, de nos époux, de nos enfants et ces cœurs de nos bien-aimés!

*
* *

Et nous autres, sensibles femmes, faites pour l'amour et la joie, nous attendons la mort dans l'âme, mais stoïques sous nos longs voiles de deuil, le jour où il plaira au Dieu des Victoires de nous rendre nos bien-aimés.

L'Etoile dans la Nuit

Dans un petit village un peu en arrière de la ligne de feu, mon mari est pour quelques jours au repos.

Sa lettre que je tiens dans mes mains est une prière; sa tendresse se lamente de son isolement et reste sans écho, le soir, dans la banale chambre de passage. « Oh! si tu pouvais m'écrit-il, m'apporter un peu de fraîcheur, me désaltérer de tes lèvres! » Mon émotion est si intense que mon cœur bat à grands coups dans ma poitrine; et si vif est mon désir de le revoir que ma résolution est déjà prise.

Une idée unique me possède : le rejoindre. Et pour l'exécuter, ni les ordonnances de police, ni les remontrances de ma mère, ni les prières de mes chéries ne m'arrêteront; le cœur pénétré de la piété de mon acte, je partirai malgré tout.

De grandes difficultés m'attendent. J'obtiens avec peine mon permis; le trajet est long et pénible; je me trouve mêlée et confondue dans des gares encombrées avec le troupeau errant de misérables fugitifs, et j'appréhende à tout instant d'être reconduite ignominieusement avant le terme du voyage.

Une marche en avant des barbares peut me livrer à leur cruelle merci. Mais la vision du sourire heureux qui m'accueillera dissipe mes appréhensions et me donne tous les courages.

Comme je me félicite de cette ténacité!...

Le souvenir de cette aventureuse équipée ne demeurera-t-il pas pour moi l'étoile unique de ces sombres années de deuil et de misère.

*
* *

Oh! la longueur de ce voyage dont le but si difficile à toucher pouvait n'être qu'un décevant mirage.

Que d'obstacles, que de retards!

... Les regards inquisiteurs jetés tant de fois sur mes papiers, le froid, la faim dans ces pauvres hôtelleries portant les marques du récent passage de l'ennemi. Je traverse des villes aussi désolées que Sodome et Gomorrhe et qui cependant n'ont point péché, les murs sont démantelés, les églises endentellées et trouées d'obus, des clochers penchent lamentablement, prêts à choir comme de grands lys fauchés; la campagne est si morne et dévastée que le temps venu on n'y pourra moissonner que de la gloire. Les croix de bois de nos héros sortent si nombreuses de terre qu'elles remplacent les blés drus prometteurs de pain: là encore la mort a remplacé la vie!...

Enfin, j'arrive à Dormans, à l'heure exquise où le réseau de la nuit descend sur les fleuves en longs effilochements d'argent. Une voiture militaire m'attend, je m'y engouffre en silence; des amas de pneus et de couvertures brunes m'y dérobent à tous les regards; du fond de ma cachette, je tremble d'être découverte à chaque appel de sentinelle, à chaque crépitement de fusillade.

Un dernier arrêt, puis un appel étouffé de mon conducteur me font comprendre que je suis enfin arrivée. Hâtivement, je me glisse dans la maison des paysans qui doit abriter notre nuit d'amour.

*
* *

Comme les draps de chanvre grossier semblèrent doux à mon corps en ces trop courtes heures; comme la brève promenade que nous fîmes au matin dans les bois frissonnants de printemps et de peur me parut voluptueuse, avec, dans le lointain, les volcans fumeux d'un canon homicide et, entre nous deux, les divins silences des cœurs qui se sont donnés pour toujours.

Notre Père...

NOTRE Père qui êtes aux Cieux, pourquoi craindrions-nous la méchanceté des hommes et les misères de cette vie comme ceux qui n'ont point d'espérance? N'êtes-vous pas l'auteur de tout ce qui vit et se meurt sur la terre? N'avez-vous pas vêtu magnifiquement le lys des champs et votre paternelle bonté ne donne-t-elle point la pâture à l'humble passereau? Est-ce qu'un cheveu de notre tête peut tomber si vous ne le permettez, et n'est-ce pas par votre volonté que se soutiennent dans l'espace ces globes de feu, fantastiques fleurs sidérales?

Que craignons-nous alors, hommes de peu de foi?...

Seigneur, dans les détresses de l'heure présente, nous recourons à vous et nous nous confions sans réserve à votre infinie bonté, « Notre Père qui êtes aux Cieux. »

L'Oiseau de Mort

UN feu de bois donne à la pièce une confortable tiédeur; les vieux meubles dont chacun ravive un souvenir, tout alignés dans une méticuleuse ordonnance, semblent se reposer béatement d'un long service, et les portraits de famille sourient avec indulgence dans leurs cadres que le temps a patiné.

Jamais l'intimité de mon foyer ne m'a paru aussi douce que ce soir, jamais mes filles ne m'ont semblé aussi jolies sous ce halo de lumière vive que tamise l'abat-jour d'un rose éteint.

Et pourtant malgré la douceur de ces intimes joies et sans que je puisse en démêler la cause, une sourde inquiétude demeure en moi.

Le ciel est tellement envahi par d'innombrables étoiles que notre jardin est tout baigné de lumières; la grande lueur des projecteurs sillonne le ciel comme un vol d'oiseaux fantastiques et les avions, gardiens de Paris, font leur ronde, apportant de nouvelles clartés à cette débauche de soleils... Soudain la lugubre voix des sirènes glapit dans la nuit, bientôt suivie d'un roulement formidable.

Quel volcan fumeux peut produire un pareil fracas, et de quel enfer peut-il bien émaner?...

Les têtes blondes et brunes se pressent apeurées autour de moi, et ma benjamine tremble dans mes bras comme l'oiselet traqué par le vautour...

Quel vacarme effroyable!... Des oiseaux de mort se succèdent au-dessus de notre vieille demeure dont nous avons éteint toutes les lumières. Nous percevons distinctement le grincement particulier aux moteurs allemands... La bombe que nos ennemis s'apprêtent à lancer sur la ville endormie ne nous épargnera-t-elle pas?

Que faire dans cette détresse? Je ne puis que remettre le cher troupeau dont j'ai la garde entre les mains du Pasteur suprême et attendre placidement notre destin.

Notre frêle refuge tremble jusque dans ses fondations. Verrons-nous demain la clarté du jour?

Les détonations se succèdent et s'éloignent!... Ils ont passé!...

Le Seigneur a écouté ma prière, il a exaucé mes vœux. Mais qu'apprendrons-nous demain? Encore de nouveaux deuils, de nouvelles ruines, une nouvelle effusion du sang français déjà trop largement répandu...

Au sein de la Terre natale

Mes filles ont apporté ce matin dans ma chambre des bouquets ronds d'un buis verni qu'ensemble nous élèverons dans quelques heures à l'église où se commémorera le triomphe du Christ.

Je m'attarde paresseusement au lit dans la contemplation de ces verdures qui me rappellent les rameaux fleuris de mon enfance et aussi dans celle des objets familiers qui m'entourent : l'ovale de mon miroir Louis XV étrangle au bord du cadre l'image d'un chandelier d'argent et me renvoie celle de mon visage que les années de guerre ont profondément pâli et creusé. Le tulle des rideaux voile de ses paupières les regards indiscrets des vitres transparentes; mon bracelet préféré repose auprès de moi dans une coupe de galamite auprès de la croix d'ébène confidente de mes détresses intimes.

Dans cet instant béni, j'oublie l'affreux cauchemar que nous vivons, mais je suis bien vite ramenée à la réalité.

La Bertha s'éveille soudain et le tonnerre de ses formidables coups apporte, malgré moi, le trouble dans mon cœur.

Ces Pâques de la paix deviendraient-elles de sanglantes agapes et le « vieux dieu » des Barbares ne se lassera-t-il donc jamais de ces sacrifices humains?... Ma décision est définitivement prise; du moins Il n'aura pas mes enfants, j'irai demander asile à mon paisible pays natal.

***

Oh! la tristesse de cette arrivée de réfugiés dans cette ville morte! Heureusement j'y retrouve le cœur plein de chaudes tendresses de mes vieux parents...

Oh! la pénible recherche du toit qui nous abritera et ce révoltant égoïsme de ceux de mes compatriotes qui ne connaissent pas la guerre.

Après des jours passés en fatigantes recherches, je découvre enfin dans un quartier de pauvres une humble maisonnette qu'à force de prières on me livre chèrement.

Toujours je conserverai dans ma mémoire le souvenir de cette demeure de passage aux papiers décolorés par la moisissure, au carrelage marqué de mille petites rides, aux meubles rustiques, aux volets branlants qu'accrochaient les vrilles d'une vigne robuste. Notre voisin, le sabotier, fournissait les copeaux nécessaires à l'allumage d'un poêle de fortune. C'était un brave ouvrier dont les jours d'âpre labeur étaient toujours accompagnés des mêmes refrains; mais depuis la mort du fils unique tombé au champ d'honneur, ses airs à boire traînaient une tristesse.

Pourtant une joie nous vint dans cette mélancolique ambiance.

Celui qu'elle attendait

Un soir, rentrant seule à cette heure touchante où la dernière flamme d'un soleil qui s'endort baigne les êtres et les choses dans sa languissante caresse, je demeurai muette d'attendrissement devant un spectacle digne du pinceau de Lancret : la vision de deux êtres en qui s'incarnaient la jeunesse et l'amour.

Ma grande Magué, assise sur le rebord de notre fenêtre basse, indiquait de son bras superbe la route à un jeune officier d'aviation, élégant comme une liane vigoureuse et beau comme une divinité guerrière. En même temps, elle riait de toutes ses dents blanches de ce rire lumineux qui éclaire ma vie, tandis qu'en psychologue attentive, je découvrais dans leurs regards les premières lueurs d'incendie des grandes amours.

*
* *

Il nous arrivait tous les soirs à l'heure où s'allument les cieux, et sa figure rayonnante disait mieux que des paroles sa joie de faire sien notre foyer et sa tendresse grandissante pour ma belle Marguerite.

Ils s'asseyaient tous les deux sur le divan improvisé, et mon âme aride et désolée se désaltérait à la fraîcheur de leur jeunesse et s'égayait de leurs rires.

Pourtant un jour mon cœur se serra devant la vision prophétique d'une mer bleue et enjôleuse comme les yeux de notre jeune vainqueur. L'avenir d'un officier plein d'ambitieuse ardeur n'est-il point hors de France?

Dans l'apothéose d'un soleil couchant qui enguirlandait cette mer d'œillets pourpres et de roses safranées, un grand vaisseau glissait impassible dans le profond sillon d'une écume d'argent. Et mon cœur de mère agonisait parce que cette nef d'amour emportait ma fille bien-aimée aux colonies lointaines.

Encore des heures sombres

DEPUIS une heure déjà l'implacable aiguille de nos montres avait marqué l'heure de sa visite journalière, et sans nous l'avouer mutuellement une sourde angoisse étreignait nos cœurs.

Pourquoi n'était-il pas là, ce jeune officier qui avait pris le cœur de mon enfant?... Son avion planerait-il au-dessus des combats?... Hier, n'en avait-il pas le pressentiment?

Un à un les souvenirs douloureux de ces dernières

années retombent lourdement sur nos âmes déjà meurtries. Nous revivons notre arrivée de réfugiés et ce jour où Jean vint parler à ma grande chérie sous l'empire de je ne sais quelle mystérieuse attirance. Quelle cour fervente depuis dans cet intérieur si modeste; que de tendres et naïves confidences échangées, que de baisers furtifs sur ce pauvre divan dont j'avais cueilli et rebrodé une des fleurs de cretonne : étrange et mémorial bouquet de cet amour qui seul avait parfumé nos heures d'exil.

Je regarde ma fille à la dérobée : des pleurs perlent à ses paupières; la même pensée nous absorbe... Pourquoi ne vient-il pas?... Un coup hâtif frappé aux volets vermoulus... C'est lui, mais tremblant et pâle d'émotion... « Marguerite, je pars cette nuit; je me suis échappé du camp pour vous dire adieu et recevoir vos derniers serments. »

Mag, elle aussi, a pâli, mais en véritable Française, elle demeure stoïque sous le coup qui l'accable... « Jean, je vous serai fidèle. » Un dernier baiser que j'autorise... Reverra-t-elle jamais ce fiancé d'un jour? ...Oh! la brièveté des joies humaines!...

...La porte se referme, Jean croit que nous ne le voyons plus; sa belle tête tombe en sanglotant sur l'épaule de l'ami qui faisait le guet, et au déchirement que mon cœur éprouve de ce départ, je sens que je perds bien réellement un fils.

Que devient-il ?

Point de lettres... point de nouvelles... rien que la nuit dans un affreux silence... Que devient-il, celui que nous aimons?... Dormirait-il son dernier sommeil sur quelque coin de terre française, drapé dans la pourpre de son sang?... Giserait-il sur quelque lit d'hôpital en proie à la fièvre maligne?... Ses grands yeux se convulseraient-ils sous le toucher de l'ange de la Mort?... Ou ses lettres tant désirées, prisonnières comme lui en terre ennemie ne pourraient-elles voir la lumière bleue de France? Dans nos cœurs montent une langueur nouvelle, indéfinissable, un immense désir de pleurs... Que devient-il, celui que nous aimons?

Le retour du Soleil

Le soleil a passé tant de nuits dans l'intimité des mystérieux Génies de l'Opium, la mèche de nos lampes épuisées a brûlé jusqu'à la fin, et toujours nous attendons le retour de nos bien-aimés!

Voici la dernière étoile. Reviendront-ils jamais ceux que nos cœurs appellent?... Et le fleuve d'épouvante qui depuis tant d'années désole l'Europe finira-t-il par se tarir?...

O miracle! l'airain de France fait à nouveau frissonner nos clochers, les sirènes mugissent, le canon tonne, mais leurs formidables et angoissantes voix s'enveloppent aujourd'hui d'on ne sait quelle ivresse.

C'est l'Armistice, c'est la Paix si longtemps attendus!... Tous les êtres s'étreignent, toutes les âmes se mêlent, toutes les bouches se joignent dans la joie.

...Nos bien-aimés vont revenir... Dès qu'ils ouvriront la porte, nous dirons... Mais les voici... Nous les embrassons éperdument et nous pleurons... C'est leurs mains que nous touchons, et leurs visages, et leurs lèvres... Nous caressons leurs chevelures où nos doigts se perdent dans les lauriers...

Dernière Vision

Je rêve d'un printemps discret tant la température est douce. Le ciel est d'un bleu si voilé qu'on le croirait nimbé de tulle, les oiseaux gazouillent des chants éteints comme s'ils craignaient de troubler les dernières heures d'un agonisant dont le soleil a le pâle sourire; de rares fleurs parées comme des amoureuses qui se font belles pour mourir ont des poses alanguies. Leur parfum est vague et doux comme la mélodie d'un vieil air que fredonne une voix affaiblie. Les grands arbres prennent des allures de squelettes en se dépouillant des feuilles rousses qui semblent les quitter à regret. Elles tombent une à une en tournoyant sans bruit, ces feuilles qui tout l'été ont paré nos campagnes et nous ont protégés des trop vives ardeurs d'un soleil flamboyant. En une valse lente, elles vont joncher de leurs traînées d'or les allées désertes de nos parcs et de nos bois: pauvres mortes gémissantes sous le pied de l'indifférent qui les foule. En trépassant ainsi, oubliées comme des courtisanes qui ont cessé de plaire, elles redisent au penseur la vanité misérable de la vie. A tous elles crient : le temps fuit, l'enfant et l'aïeul courent à la même destinée et la vie des hommes passe comme l'ombre.

Assise sur un vieux banc de pierre que verdit la mousse du temps, je songe à ce jour où toute à la mélancolie de ma vie finissante, je reviendrai à cette même place revivre avec l'ami de toujours nos bonheurs évanouis.

Notre tâche accomplie, ayant droit au repos, nous contemplerons la longue étape parcourue, oublieux de l'effort et de la peine pour ne plus nous souvenir que des heures de tendresse et de joie.

Puis, bénissant dans l'avenir cette lignée des enfants de nos enfants, nous nous réjouirons d'avoir fait de l'éternité avec notre si courte vie mortelle.

Et levant les yeux plus haut que cette terre où s'achèvent nos derniers jours, songeant à nos destinées futures, nous nous abandonnerons ensemble à ce grand espoir d'un bonheur sans fin vers lequel nous emportera notre dernier rêve, tel le chant des cloches enlevant au Ciel un vent de prières.

TABLE DES MATIÈRES

PREMIÈRE PARTIE

DEUXIÈME PARTIE

TROISIÈME PARTIE

www.ingramcontent.com/pod-product-compliance
Ingram Content Group UK Ltd.
Pitfield, Milton Keynes, MK11 3LW, UK
UKHW020324220726
13923UKWH00003B/1363